BAS-BLEU

ET

CORDON-BLEU

PAR

J. SIMEC

DELHOMME ET BRIGUET, ÉDITEURS

LYON | PARIS

3, AVENUE DE L'ARCHEVÊCHÉ, 3 | 83, RUE DE RENNES, 83

1895

BAS-BLEU

ET

CORDON-BLEU

BAS-BLEU & CORDON-BLEU

Personnages

Mme St-Calmant, *directrice*.
Mlle Mathusal, *sous-directrice*, vieille et un peu sourde.
Mlle Céleste Colombo, *maîtresse d'esthétique*.
Victoire, *cuisinière*.
Opportune, *petite servante*.
La Comtesse de la Pinchonière.
La Marquise de Perdreauville.

    La scène est à Brives-la-Gaillarde au pensionnat de Mme Saint-Calmant.

SCÈNE PREMIÈRE.

Mlle Mathusal, *seule.*

Non, toutes réflexions faites, je crois que les choses ne peuvent durer ainsi... Il me faut écrire de nouveau à Mme Saint-Calmant et lui exposer nettement la situation qui empire tous les jours... Peut-être reviendra-t-elle, ou bien elle cherchera quelqu'un pour me remplacer car vraiment soutenir le fardeau de la maison depuis deux mois, c'est plus que mes forces ne peuvent supporter et d'ailleurs ce n'est pas étonnant, — 85 ans révolus hier, c'est lourd ! — Si le départ de Mme Saint-Calmant n'avait pas été aussi subit ce n'est bien certainement pas à moi qu'elle eût confié le soin de la maison, mais n'ayant personne sous la main, il lui a bien fallu recourir à mes vieilles épaules. Du reste, si tous ces malheurs n'étaient pas survenus, cela n'aurait pas été trop mal, mais qui aurait pu penser que la cuisinière allait se casser la jambe ? C'est ce qui est pourtant arrivé et juste au même moment la maîtresse chargée du cours supérieur prend une fièvre intermittente qui nécessite un changement d'air immédiat, de sorte que voilà la maison toute désorganisée : les enfants se plaignent de tous côtés, on ne sait auquel entendre... Il est de fait que la cuisine est bien mauvaise.., chacune de nous s'essaye à son tour : ce procédé m'a paru le meilleur, pour qu'à défaut d'autre avantage on obtînt au moins la variété dans la nourriture, mais cela n'a pas réussi et les santés commencent à s'en ressentir. — Enfin ce qu'il y a de pire c'est ce cours supérieur, cette leçon d'esthétique qu'on a voulu inaugurer cette année et que personne ne peut plus donner. J'ai écrit à mon amie de Laon, qui m'enverra peut-être une cuisinière. Mme Saint-Calmant cherche elle-même une maîtresse à Lyon, mais que c'est long ; que faire mon Dieu, que devenir ! Le pensionnat va déchoir évidemment de la haute réputation qu'il s'était acquise de si longue date, et cela par ma faute, sous mon administration... Ah ! si Dieu ne nous vient pas en aide, je ne sais plus à quel saint me vouer. Bon ! on frappe... serait-il arrivé quelque nouveau malheur ! Entrez.

SCÈNE II

Mlle Mathusal. — Opportune.

OPPORTUNE.

Mme de la Pinchonière demande à parler à Mme la Directrice.

Mlle MATHUSAL.

Faites entrer, *(à part)* encore des réclamations ! cela ne cesse depuis huit jours.

SCÈNE III

Mme de la Pinchonière. — Mlle Mathusal.

MADAME DE LA PINCHONIÈRE.

Mademoiselle...., je pense que j'ai l'honneur de parler à la remplaçante de Mme la Directrice. Mademoiselle, dis-je, pardonnez-moi si je crois devoir vous dire que je suis plus qu'étonnée de la manière dont vos élèves sont nourries depuis la rentrée.

Mlle MATHUSAL.

Madame....

MADAME DE LA PINCHONIÈRE.

Oui, Mademoiselle, plus qu'étonnée, surprise devrais-je dire, véritablement consternée, car enfin, Mademoiselle qu'y a-t-il sur le prospectus ? le voici, Mademoiselle, « une nourriture saine et abondante », or que donnez-vous, Mademoiselle, depuis huit jours ? des conserves, des viandes américaines, des sardines.

Mlle MATHUSAL.

Madame....

MADAME DE LA PINCHONIÈRE.

Oui Mademoiselle, de perpétuelles conserves, et ce n'est pas sain, Mademoiselle, non Mademoiselle, c'est très malsain.

Mlle MATHUSAL.

Madame....

MADAME DE LA PINCHONIÈRE.

Cela donne la fièvre, Mademoiselle, cela donne

une fièvre dangereuse et quand on sort de ces conserves que trouve-t-on ? Hier Mademoiselle, un poulet rôti que l'on avait oublié de plumer et de vider, des œufs au lait tournés, du poisson pourri, de la salade pleine de terre, de vers et autres insectes abondants sans doute, mais fort peu sains.

Mlle MATHUSAL.

Madame....

MADAME DE LA PINCHONIÈRE.

Et je me vois forcée, Mademoiselle, de vous informer que si vous continuez de nourrir ces pauvres enfants comme des animaux de basse-cour je me verrai obligée, Mademoiselle, de retirer mes trois filles, car enfin, c'est abuser de la confiance, c'est manquer à sa parole, c'est insulter un prospectus.

Mlle MATHUSAL.

Madame....

MADAME DE LA PINCHONIÈRE.

Mille grâces, Mademoiselle, veuillez ne pas vous déranger.

SCÈNE IV

Mlle MATHUSAL, seule.

Et dire qu'il faut subir chaque jour des scènes semblables. Dans quel état Mme Saint-Calmant trouvera-t-elle la maison ! Je tremble en y pensant, tous les parents vont reprendre leurs enfants, c'est une chose certaine, les sous-maîtresses s'en iront aussi et Madame ne trouvera plus que moi.... nous aurons au moins la consolation de jeûner en paix toutes les deux ! On frappe ! Entrez !

OPPORTUNE.

Mme la Marquise de Perdreauville demande Mme la Directrice.

Mlle MATHUSAL.

Faites entrer, (*à part*) encore des réclamations ! Combien en faudra-t-il entendre ainsi. La place n'est plus tenable. Mais quand on n'a pas d'autre position sociale.

SCÈNE V

La Marquise. — Mlle Mathusal.

Mlle MATHUSAL.

Madame la Marquise je suis bien au regret Mme la Directrice est absente et je...

LA MARQUISE.

Mademoiselle, les communications que j'ai à vous adresser, quoique, hélas ! du genre le plus grave, peuvent également et indifféremment être articulées devant tous les membres de la hiérarchie scolaire.

Mlle MATHUSAL.

J'espère, Madame, que, bien que ce que vous avez à nous dire soit si grave, vous n'avez pas à vous plaindre de....

LA MARQUISE.

Je surveille, Mademoiselle, avec la vigilance la plus paternelle les études de mes filles qui suivent chez vous un cours d'esthétique dont j'espérais beaucoup, je dois vous le dire pour le développement progressif de leur intelligence, pour l'élévation graduelle de leur cœur et pour l'affermissement raisonné de leur volonté. Mais pour arriver à cet heureux résultat, Mademoiselle, la vérité est d'une nécessité primordiale; on l'a dit avant nous, Mademoiselle, rien n'est beau que le vrai, le vrai seul est aimable. Or, Mademoiselle, l'esthétique est l'étude du beau, c'est donc l'étude du vrai et avec un regret mêlé d'un immense étonnement, je découvre, Mademoiselle, plusieurs erreurs capitales dans l'enseignement destiné à initier mes filles aux splendeurs immatérielles de la vérité.

Mlle MATHUSAL.

Serait-il possible, Madame, quelque malentendu sans doute?

LA MARQUISE.

Non, Mademoiselle, la sténographie, cette photographie de la parole que l'art moderne a livrée à nos intelligences me révèle jour par jour et mot pour mot par la main exercée de l'institutrice de mes filles toute la nourriture intellectuelle qui leur sert de pâture.

Mlle MATHUSAL.

(*A part*) Eh! bien, c'est agréable! c'est une véritable espionne!

LA MARQUISE.

Mademoiselle, la bataille livrée aux Arabes par Charles Martel à Tours ou à Poitiers en 732 ne fut ni à Tours, ni à Poitiers.

Mlle MATHUSAL.

Ah! vraiment.

LA MARQUISE.

Non, Mademoiselle, elle fut livrée dans un village situé à 2 k. 1/2 au nord de Poitiers et appelé Moussery, la bataille du nom de cet événement mémorable.

Mlle MATHUSAL.

Je suis bien heureuse de le savoir.

LA MARQUISE.

Mademoiselle, tous les cors en ivoire dont on se servait dans l'armée de Charlemagne portaient, j'ai le regret de vous le dire, le nom générique d'Oliphant, ce n'était donc point un terme désignant seulement l'instrument auquel Roland confia les dernières émotions de son âme.

Mlle MATHUSAL.

(*Ne comprenant pas*) Ah ! ce n'était pas un terme.

LA MARQUISE.

Mademoiselle, mon devoir de mère de famille de l'illustre maison des Perdreauville, nobles de pères en fils, *depuis* 18 *mois* m'oblige à vous le redire. Si des égarements aussi considérables se glissaient encore dans la cervelle de la femme vertueuse qui distille la science à l'oreille de mes filles, je me verrais forcée de vous ravir ces jeunes et tendres colombes, afin d'assurer comme j'avais l'honneur de vous le dire ce développement graduel de leur intelligence qui est l'espoir de la famille, de la *province* et de la Patrie.

Mlle MATHUSAL.

Madame la Marquise, croyez que nous nous efforcerons.

LA MARQUISE.

Adieu, Mademoiselle, ne prenez pas la peine, je connais le chemin.

SCÈNE VI

Mlle Mathusal.

Ah ! cette leçon d'esthétique. Il y en a eu bien
d'autres bêtises ! heureusement qu'elles étaient
souffrantes, Mesdemoiselles de Perdreauville, elles
avaient la grippe le jour où cette pauvre Aglaé a
confondu Pharaon avec Pharamond, et où elle a
placé Racine dans le siècle de Périclès, enfin on ne
peut pas tout savoir, mais que ne donnerais-je pas
pour avoir une vraie maîtresse d'esthétique et aussi
une cuisinière hélas ! (*On frappe*) Entrez !

Opportune.

Une lettre Mademoiselle.

Mlle Mathusal (*lisant*).

Ah ! ciel ! il ne manquait plus que celà ! la mère
de la petite Richard qui arrive ici à 10 h. pour passer la journée ! Bonté divine, qui nous fera la cuisine ! Faut-il être pendue à toutes les potences ! Et
la leçon d'esthétique à 11 h. ! Ces jeunes filles arrivent déjà ! (*On frappe*) Qu'est-ce encore ? Entrez.

Opportune.

Une dépêche de *télégriffe électraque*.

Mlle Mathusal (*décachetant*).

Merci, mon Dieu ! C'est de Lyon (mettant ses lu-
nettes et lisant avec peine). Envoie maîtresse capable cours d'esthétique, arrivera lundi 9 h. 5. Lundi
9 h., quel bonheur ! c'est maintenant ; elle aura le
temps de se préparer à sa leçon, c'est le ciel qui
l'envoie ! Mais le déjeuner de Mme Richard, quelle

épine dans le pied ! Ah ! Seigneur ! Vous avez dit
que votre fardeau était léger ! Je ne m'en aperçois
guère ! (*On frappe*) Entrez !

OPPORTUNE.

Une autre dépêche.

Mlle MATHUSAL.

De Laon celle-là. Ah ! ciel miséricordieux ! Ah !
providence ! à 10 h. 13, lundi arrivera excellente
cuisinière. — Ah ! mon Dieu, je n'en puis plus !
C'est trop de joie.... Une cuisinière et une maîtresse
d'esthétique ! nous sommes pourvues ! Laquelle
arrivera la première. (*examinant les dépêches*) Ah !
à 9 h. maintenant donc arrive cette savante personne (*regardant l'heure*), elle devrait être là déjà ;
elle ne va pas tarder sans doute, je vais la mettre
dans la chambre de Mme la Directrice. Quant à la cuisinière ce ne sera que dans une heure, elle aura le
temps encore pour le dîner. Allons tout va bien ! —
Merci mon Dieu ! — Maintenant que j'aille faire tout
préparer pour recevoir Mme Richard et les deux
aides que le ciel m'envoie.

(*Elle sort*).

SCÈNE VII

VICTOIRE (*arrivant : parapluie, sac de voyage*)
toilette prétentieuse).

Ah ! mon Dieu, me voici enfin arrivée... Il s'agit
maintenant de ne pas déplaire à la Directrice de la
maison, car je n'ai pas fait le voyage pour rester sur
le pavé de Brives-la-Gaillarde. — Au reste qu'ai-je
à craindre ? J'ai assez bonne tournure, il me semble.
— ma toilette est copiée sur celle de ma dernière
maîtresse, une élégante de Laon, — et quand à
mon talent, je puis bien avouer sans vanité qu'il est

vraiment remarquable. Lorsqu'on a nourri M. de la Crapaudière, qu'on a vécu sur les fourneaux du duc des Trois Tronçons, on peut je pense, affronter des estomacs de vieilles filles et d'enfants. Ah ! c'était un temps celui-!à, poulardes à la financière, ortolans à la Provençale, cardons à la moelle, que vous êtes loin hélas ! Le comte est mort, le duc est ruiné. Mais chassons ces tristes souvenirs... On ne se presse pas de me recevoir... Au fait, on ne m'attendait qu'une heure plus tard ; d'ailleurs, il ne faut pas faire la difficile. Ce pensionnat marche bien m'a-t-on dit.., on paye en conséquence et.... mais voici quelqu'un. Allons, Victoire, c'est le moment de te faire apprécier.

SCÈNE VIII

Mlle MATHUSAL. — VICTOIRE.

Mlle MATHUSAL.

Ah ! ma chère demoiselle que je suis heureuse de vous voir ! quelle exactitude ! 9 heures précises. Mme Saint-Calmant m'annonçait bien votre arrivée, pour cette heure-là, vous venez nous aider, n'est-ce pas à l'éducation de nos chères enfants.

VICTOIRE.

Ah ! mon Dieu, on tâchera moyen de faire en sorte que... mais je ne connais pas cette dame...

Mlle MATHUSAL (*sans l'entendre*).

C'est ici que vous travaillerez, voici votre pupitre.

VICTOIRE.

Ici ? Je ne vois pas trop comment, (*à part*) il n'y a pas seulement de fourneau, et à moins d'un miracle.

Mlle MATHUSAL.

Vous trouverez là ce qu'il vous faut, des plumes,
de l'encre, du papier...

VICTOIRE (*à part*).

Eh bien ! par exemple, voilà une batterie de cuisine d'un nouveau genre ! (*haut*) Dites-moi un peu, si
c'est un effet de votre bonté, l'emploi que vous me
destinez.

Mlle MATHUSAL.

Eh ! bien celui de maîtresse d'esthétique !

VICTOIRE.

Maîtresse des étiques ?... (*à part*) Tiens, me voilà
infirmière.

Mlle MATHUSAL.

Est-ce que vous n'êtes pas contente ? Vous ne crai
gnez pas de donner des leçons ?

VICTOIRE.

Non pas, non pas, tout ce qu'on voudra, (*à part*)
des leçons ce n'est pas mon métier pour sûr, mais je
ne serai pas fâchée de sortir un peu des casseroles.

Mlle MATHUSAL.

Je vous engage à vous aller reposer quelques ins-
tants des fatigues du voyage. En son absence vous
occuperez la chambre de Mme la Directrice. — (*Elle
parle dans la coulisse*) Opportune, veuillez conduire
notre nouvelle maîtresse dans la chambre qu'on lui
a préparée.

VICTOIRE.

Vous me faites bien de l'honneur, (*à part*) c'est
tout de même drôle ce changement.

SCÈNE IX

Mlle Mathusal (*seule*).

Mlle MATHUSAL.

Je suis fort contente de cette nouvelle maîtresse, Je me connais en caractère, c'est une femme d'un mérite supérieur, et avec cela, cette noble simplicité qui sied si bien aux grands esprits. Je crois que Mme de Perdreauville aura tout lieu d'être contente. Allons, allons, la maison commence à se remettre sur ses pieds, il ne nous manque plus que notre cuisinière, ce cordon bleu qui nous tombe du ciel juste à point pour le déjeuner de Mme Richard, car elle est difficile cette bonne dame et Mme Saint-Calmant tient à la ménager : elle est de ces personnes qu'il vaut mieux avoir pour amis que pour ennemis, elle fait une telle propagande en notre faveur que cela vaut bien quelques tasses de chocolat ; (*regardant sa montre*) mais cette cuisinière devrait être là déjà ; pourvu qu'elle n'ait pas manqué le train.

SCÈNE X

Céleste (*vêtue très simplement*). — Mlle Mathusal.

Mlle MATHUSAL.

Mais la voici sans doute, cette précieuse fille, c'est bien vous qui arrivez de Laon ?

CÉLESTE.

Je viens de Lyon, Madame et je suis en retard parce que...

Mlle MATHUSAL.

Vous dites ?......

CÉLESTE.

Que je suis en retard parce que...

Mlle MATHUSAL.

Point du tout, exacte comme l'horloge, au contraire, et je vous dirai, ma bonne fille, que cela se trouve bien, car il nous arrive ce matin une visite imprévue, la mère d'une élève qui vient passer la journée comme cela lui arrive quelquefois, et sans vous nous eussions été très embarrassées pour la recevoir convenablement.

CÉLESTE.

Vous êtes trop bonne ! je ne suis vraiment pas digne....

Mlle MATHUSAL.

Eh ! si, eh ! si, je vous le dis, ma chère, votre réputation vous a précédée et nous savons de quoi vous êtes capable........

CÉLESTE.

De grâce, épargnez-moi, je vous prie !

Mlle MATHUSAL.

Je vais d'abord vous conduire à la dépense où vous prendrez ce qui vous convient.

CÉLESTE.

Merci, je n'ai pas faim !

Mlle MATHUSAL.

Mais il ne s'agit pas de votre faim ! C'est de celle de Mme Richard qu'il s'agit, c'est une femme à mé-

nager dans l'intérêt de l'établissement et elle est
très sensible aux petits plats.

CÉLESTE.

Mais quel emploi dois-je donc remplir ici ?

Mlle MATHUSAL.

Celui de la cuisinière, ne le savez-vous pas ?

CÉLESTE.

Non, on m'avait simplement parlé d'une place qui
pouvait me convenir ici et je ne pensais pas que.....
Mais je ferai tous mes efforts pour.....

Mlle MATHUSAL.

C'est bien, c'est bien. Je crois que nous serons
contentes de vous.

CÉLESTE (à part).

Au fait que m'importe. Je ne suis pas connue à
Brives, et si je peux ainsi envoyer un peu d'argent
à ma pauvre mère ! Que ne ferais-je pas pour elle.

OPPORTUNE (accourant).

Mme Richard est là, elle demande une tasse de
chocolat.

Mlle MATHUSAL .

Il sera bientôt prêt. Faites-lui prendre patience
en conduisant sa fille dans sa chambre. (à Céleste).
Allons, mon enfant, vite à la besogne !

CÉLESTE (à part).

C'en est donc fait, Descartes, Pascal, mes vieux
amis !

Mlle MATHUSAL (*à Opportune*).

Apportez ici la chocolatière ; le feu n'est pas allumé à la cuisine, et ce serait trop long.

SCÈNE XI

Mlle Mathusal. — Céleste. — Victoire.

Mlle MATHUSAL.

Voilà notre maîtresse d'esthétique.

CÉLESTE (*à part*).

Ah ! si cette place avait pu être vacante comme je l'aurais occupée avec plaisir.

Mlle MATHUSAL.

Notre nouvelle cuisinière (*tout bas*). Un cordon bleu ! Une perle, paraît-il ! (*à Victoire*) Voyons, Mademoiselle, préparez au plus vite la leçon d'esthétique que vous devez donner à 11 heures. Écrivez-là pour que je puisse la montrer à la maîtresse des études et qu'elle juge de votre habileté. C'est pour aujourd'hui l'analyse de la chanson de Roland (*Entre Opportune*). Ah ! voici la chocolatière. Je vous laisse chacune à votre affaire et je vais saluer Mme Richard (*Elle sort*).

SCÈNE XII

Céleste. — Victoire.

VICTOIRE (*à part*).

La chanson de Roland ! Une chanson, ça ne doit pas être si difficile, quelque chose comme la Mère Michel (*cherchant à épeler*), oui je vois bien : R. o. ro. l. a la n. d. Roland. Pour la lecture ça va encore,

c'est la partie de l'écriture qui est autrement diffi-
cultueuse.

CÉLESTE (de même, tenant la chocolatière d'une
main, le chocolat de l'autre).

Je ne sais pas trop comment m'y prendre, j'ai bu
100 fois ma tasse de chocolat sans songer comment
cela se faisait. Je crois qu'on le râpe. Essayons tou-
jours. Du courage, c'est pour ma mère (elle râpe le
chocolat).

VICTOIRE.

C'est bien fâcheux que pour donner des leçons, il
faille savoir lire et écrire, car sans cela aussi bien
qu'une autre ! C'est-y du guignon ! Etre maîtresse
cela me va assez ; mais maîtresse des étiques ! si au
moins je savais quelle est cette bête là (regardant
Céleste). Eh ! bien qu'est-ce qu'elle fait donc ! je crois
qu'elle râpe son chocolat, (haut) c'est pas ça ! c'est
pas ça, c'est l'ancienne manière... le chocolat à l'ita-
lienne en morceaux.

CÉLESTE.

Je vous remercie.

VICTOIRE.

Ma foi, je sais signer mon nom et j'assemble mes
lettres, ainsi avec du courage (regardant Céleste). En
trois ou quatre morceaux... çä suffit... bien ! comme
cela... Diable de plume ! C'est fin comme des pattes
de mouche, moi qui n'écris qu'en gros (regardant
Céleste qui écrase à grand bruit le chocolat) Mademoiselle ! Mademoisellelle ! que faites-vous donc ?

CÉLESTE.

J'écrase mon chocolat.

VICTOIRE.

Elle écrase son chocolat ! Bonté du ciel ! (*allant à elle et regardant avec mépris*) Mon Dieu ! mon Dieu ! ça veut se mêler et ça ne se doute même pas... Permettez... Comment vous appelez-vous ?

CÉLESTE.

Je m'appelle Céleste Colombo.

VICTOIRE.

Voilà un nom qui ne me dit rien de bon pour votre état. Ces purs esprits, ça ne sait seulement pas manger... Et où avez-vous fait vos études ?

CÉLESTE.

A Paris.

VICTOIRE.

A Paris... à Paris... Ces cuisinières ont tout dit quand elles ont dit à Paris, et ça ne prouve pourtant pas grand'chose. Eh bien ! Colombe Célestine me permettez-vous de vous adresser quelques questions ?

CÉLESTE.

Certainement, Mademoiselle...

VICTOIRE.

Je ne vous interrogerai pas sur les fricassées, les blancs-mangers, les suprèmes et autres plats vulgaires qui sont l'A. B. C. du métier... je ne vous attaquerai pas non plus sur les cardons à la moelle, les caisses de foie gras ; les soupes de perdreaux et les pâtés de macaroni parce que là-dessus il y a des règles établies et que la routine peut tenir lieu de talent.

CÉLESTE (*à part*).

Mais on dirait qu'elle n'a fait que cela toute sa vie.

VICTOIRE.

Mais je vous demanderai, pour vous faire une question digne de vous, comment vous entendez les ortolans à la Provençale?

CÉLESTE.

Les ortolans à la Provençale?

VICTOIRE.

Oui, quel est là-dessus votre système, le champ est ouvert aux innovations..... le génie peut se donner carrière.

CÉLESTE.

Comment je les entends? Mon Dieu, c'est bien simple...

VICTOIRE.

Ne vous troublez pas, je vous demande si vous faites cuire l'ortolan dans sa barde ou dans la truffe elle-même.

CÉLESTE (*embarrassée*).

Dans sa barde? mais je crois...

VICTOIRE.

Elle ne s'en doute pas. Ecoutez-moi. Nous prenons, c'est-à-dire vous prenez une truffe d'une dimension à peu près la plus grosse qu'on pourra trouver, vous l'évidez comme il faut et y placez l'ortolan enveloppé d'une double barde de jambon cru, légèrement humecté d'un coulis d'anchois..... il y en

a qui mettent des sardines, mais c'est une erreur...
une erreur des plus grossières qu'on puisse faire en
cuisine, vous garnissez vos truffes d'une farce com-
posée de foie gras et de moelle de bœuf pour entre-
tenir l'onctueux et prévenir le dessèchement... feu
modéré dessus et dessous. Vous faites usage du
four de campagne pour donner la couleur et... vous
servez chaud. Voilà, ma chère, comment on traite
l'ortolan à la Provençale.

CÉLESTE.

Merci ; la théorie, je l'avoue me fait défaut, mais
dans la pratique, j'espère arriver avec de la bonne
volonté ; mais je crains qu'on ne vienne réclamer
ce chocolat.

VICTOIRE.

Vous avez raison (*lui prenant la chocolatière et la
roulant entre ses mains*), tenez, voyez-vous, faites
ainsi jusqu'à ce que la mousse s'élève, alors vous
versez dans la tasse... voilà ce qu'on appelle à l'Ita-
lienne.

CÉLESTE.

Je comprends bien... j'ignorais en effet cette mé-
thode là.

VICTOIRE.

Vous verrez que je serai obligée de faire son chocolat pour elle. Tenez, mettez-vous là-bas à cette
table et achevez ce que j'ai commencé ; sans moi, la
dame pourrait bien jeûner.

CÉLESTE.

(Va à la table examine les papiers et se tournant vers Victoire).

Mais il n'y a rien encore ?

CÉLESTE.

C'est cette analyse ?

VICTOIRE.

Oui, cette chanson ! (*á part*) elle a la tête dure, sans me vanter elle est bien heureuse que je fasse son ouvrage car sans cela.....

CÉLESTE.

Travaillons donc puisque j'y suis.

VICTOIRE (*faisant le chocolat*).

Ça lui fera de l'honneur ! quelle mine !
V'la le monde : sic vos non vobis.
Quel service je vais lui rendre !
Quoique ce soit au-dessous de mon état.
Mais le vrai talent peut s'étendre.
A une tasse de chocolat.

CÉLESTE (*écrivant*).

Ah ! quel service, elle va me rendre
En se chargeant de mon état
Tâchons au moins de la surprendre
Et de payer son chocolat.

VICTOIRE.

Je crois que je me suis surpassée, (*haut*) c'est fini ! et vous ?

CÉLESTE.

Je n'ai plus que deux mots et je termine. Ce travail était une plaisanterie, rien n'était plus facile à faire.

VICTOIRE.

Je ne vous en dirai pas autant, ma chère, car j'en sue à grosses gouttes, voilà votre chocolat.

CÉLESTE.

Voilà votre analyse (*elle prend le plateau*).

VICTOIRE.

Attendez donc, attendez donc, ça ne se présente pas ainsi le petit pain, le verre d'eau... le plateau d'une main... tenez... (*Elle arrange le plateau*).

SCÈNE XIII

Les précédentes. — Mlle Mathusal.

Mlle MATHUSAL.

Allons donc, allons donc ! ce chocolat est-il prêt ? Mme Richard crie famine.

CÉLESTE.

J'y vais.

(*Elle sort*).

Mlle MATHUSAL à VICTOIRE.

Et vous, mademoiselle, avez-vous fini ?

VICTOIRE.

Et oui ! ce travail était une plaisanterie, rien de plus facile à faire, (*à part*) aide-toi et le ciel t'aidera.

Mlle MATHUSAL.

Je vais alors vous présenter à vos élèves pendant qu'elles se réunissent ; la maîtresse des études parcourra votre travail, (*le regardant*) qui me semble fort bon du reste ; veuillez m'accompagner (*Elles sortent d'un côté, la Directrice et Opportune entrent de l'autre*).

SCÈNE XIV

OPPORTUNE.

Ah ! Madame, quel bonheur de vous voir quand on l'espérait si peu !

MADAME SAINT-CALMANT.

Mon retour est en effet fort inopiné, mais la maison me semblait un peu désorganisée.

OPPORTUNE.

Ah ! Madame, d'un peu plus cette pauvre Mlle Mathusal en perdait la tête.

MADAME SAINT-CALMANT (*s'asseyant*).

Que se passe-t-il donc ?

OPPORTUNE.

Eh ! Madame, depuis 8 jours pas de cuisinière, pas de maîtresse pour cette nouvelle leçon dont on parle sans cesse — et pour comble Mme Richard qui arrive ce matin, enfin heureusement juste au bon moment les aides qu'on attendait, arrivent aussi ce matin et elles sont déjà à leur ouvrage.

MADAME SAINT-CALMANT.

C'est moi, qui ai envoyé Mlle Colombo, mais je n'é-

tais pas décidée quand je l'ai vue, à revenir aujour-
d'hui.

OPPORTUNE.

Mlle Mathusal est occupée avec elles sans doute
c'est pourquoi elle n'est pas là, car à moins d'être
petit oiseau, on ne peut pas être à deux endroits à la
fois. Et cette bonne Mlle Mathusal ne ressemble pas à
un oiseau, pour sûr !

MADAME SAINT-CALMANT.

Non, non, elle est bien vieille, un peu embrouillée
peut-être, mais enfin me voici. Allez l'appeler.

(Opportune sort).

SCÈNE XV

Les précédentes. — Mlle Mathusal. — Mme Saint-Calmant.

Mlle MATHUSAL.

Madame, on me dit que vous êtes ici, j'accours !
Ciel ! Madame dans quel état vous me voyez !... nous
sommes perdues, la maison est déshonorée, tout est
fini.

MADAME SAINT-CALMANT.

Mon Dieu, c'est si grave que cela ? Quel événement
extraordinaire ?

Mlle MATHUSAL.

Qui s'en serait douté ! Ah ! je n'en reviens pas, je
ne puis encore m'expliquer pareille chose.

MADAME SAINT-CALMANT.

Mais de grâce, de quoi s'agit-il ?

Mlle Mathusal.

Ah ! madame, je vivrais jusqu'à 200 ans que je
garderais le souvenir d'une si pitoyable déconvenue !

Madame Saint-Calmant.

Nous ne saurons donc point ce qui vous agite ?

Mlle Mathusal.

Eh ! Madame, cette demoiselle si savante, si remarquable, si distinguée, cette Mademoiselle ?....

Madame Saint-Calmant.

Céleste Colombo....

Mlle Mathusal.

Est-ce que je sais son nom seulement, elle m'écrit
un canevas de sa leçon, parfait, selon toutes les règles, rien n'y manque, de l'érudition, du goût, de
l'entrain !

Madame Saint-Calmant.

Eh bien ! vous vous plaignez ?

Mlle Mathusal.

Seigneur, on se plaindrait à moins. Je la conduis
à son cours, je la présente aux élèves impatientes
de la connaître, je l'installe. « Vous pouvez com-
mencer », lui dis-je. Rien, une bûche, une borne,
un soliveau !....

Madame Saint-Calmant.

Mademoiselle !!...

Mᴵˡᵉ MATHUSAL.

C'est comme je vous le dis. J'attribue ce silence à l'émotion du début, je lui rappelle son sujet : « La chanson de Roland ». Bon Dieu ! les oreilles m'en tintent encore ? Ne voilà-t-il pas qu'elle se met à chanter sur l'air de : C'est la Mère Michel qui a perdu son chat...

MADAME SAINT-CALMANT.

Par exemple c'est un peu fort.

Mᴵˡᵉ MATHUSAL.

Je crois que c'est d'une force de 40.000 chevaux, Dieu me pardonne. Pour sûr elle devient folle ! pensai-je alors, je lui suggère de lire au moins le canevas préparé, la malheureuse....

Eh bien ! elle se met à épeler comme une enfant qui vient de naître... je veux dire.... Eh ! mon Dieu est-ce que je sais ce que je dis ? Grand tumulte dans la salle. Mme de la Pinchonière s'évanouit, Mme de Perdreauville enmène ses filles séance tenante.

MADAME SAINT-CALMANT.

Ce n'est pas une grande perte.

Mᴵˡᵉ MATHUSAL.

Quant à moi, je ne sais pas ce que j'ai fait, j'ai comblé cette sotte fille de reproches.... je l'aurais roulée, brisée, pelée.

MADAME SAINT-CALMANT.

Mademoiselle, un peu plus de sang-froid, de grâce, tout ceci en effet est fort extraordinaire. Il est vrai que je ne suis pas entrée avec elle dans le détail de ses connaissances, mais on m'en avait fait un tel éloge ; faites-la venir et nous verrons !

SCÈNE XVI

Les précédentes. — Opportune.

OPPORTUNE.

Eh ! Madame, cette nouvelle cuisinière qui ne sait pas seulement allumer son feu...

MADAME SAINT-CALMANT.

Quelle plaisanterie....

OPPORTUNE.

Elle brûle des allumettes, du papier, du petit bois, des copeaux et elle souffle et elle souffle..., mais elle n'en vient pas à bout.

MADAME SAINT-CALMANT.

Mais vraiment, tout le monde est devenu fou depuis mon départ ? C'est à n'y rien comprendre.

OPPORTUNE.

La voici du reste qui me suit.

SCÈNE XVII

Les mêmes. — Céleste.

MADAME SAINT-CALMANT.

Mademoiselle Céleste ! Mais pour l'amour du ciel que faisiez-vous à la cuisine ?

CÉLESTE.

Je ne sais, Madame, on m'y a mise, j'y suis restée, mais je ne puis arriver à allumer le feu.

Madame Saint-Calmant.

A la cuisine, vous… (*à Mlle Mathusal*) qu'est-ce que cela veut dire ?

Mlle Mathusal.

Mais enfin, Mademoiselle, c'est bien vous qui deviez arriver de Laon à 10 h. 13 ?

Céleste (*souriant*).

Pardonnez-moi, Mademoiselle, je devais arriver de Lyon à 9 h. 5. Il est vrai que le train a eu du retard et que je ne suis arrivée en réalité qu'une heure après le temps fixé et Victoire m'a dit qu'en revanche on lui avait fait prendre un train plus rapide, de sorte que son voyage avait eu une heure d'avance. C'est là sans doute la cause du malentendu ?

Mlle Mathusal.

Je comprends, j'ai tout embrouillé…

Madame Saint-Calmant.

Le mal ne sera pas, j'espère, irréparable, mais que peut être devenue cette pauvre fille.

Mlle Mathusal.

La voici, la malheureuse.

SCÈNE XVIII
Les mêmes. — Victoire un plat à la main.

Victoire (*montrant le plat*).

Frappez… mais goûtez ! Madame, en voyant le

désordre que j'avais causé à la classe, j'ai compris
que l'orgueil m'avait égarée... j'avais cru qu'une
cuisinière comme moi était capable de tout.

J'ai pensé alors qu'à la cuisine le diner de Mme Richard devait être en souffrance, je m'y suis élancée
et j'ai confectionné rapidement un plat d'ortolans à
la Provençale, le mets favori de M. le comte de la
Crapaudière, feu mon maître, et voici ce plat d'après
lequel j'espère être jugée, car comme dit le Proverbe:
On juge l'honnête homme à ses actions et la cuisinière à ses ragoûts.

Madame Saint-Calmant.

Allons, allons, chère Mathusal, consolez-vous ;
tout va rentrer dans l'ordre, chacune va reprendre sa
place et tous les ennuis de ce jour seront bientôt
oubliés. Allez expliquer à Victoire ce qu'elle aura à
faire tandis que j'irai moi-même présenter aux enfants leur véritable maîtresse.

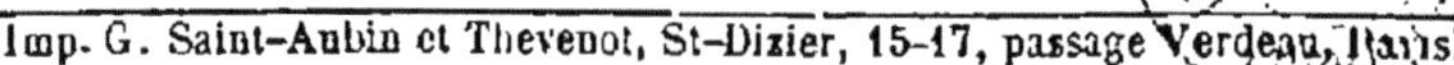

Imp. G. Saint-Aubin et Thevenot, St-Dizier, 15-17, passage Verdeau, Paris.